AF384987

ARMIDE,

PARODIE

DE L'OPERA D'ARMIDE,

EN QUATRE ACTES:

Repréſentée pour la premiere fois par les Comédiens Italiens Ordinaires du Roi , le Lundi 11 Janvier 1762.

Le prix eſt de 24 ſols avec la Muſique.

A PARIS;

Chez DUCHESNE , Libraire , rue Saint Jacques , au-deſſous de la Fontaine Saint Benoît , au Temple du Goût.

Avec Approbation & Privilége du Roi.
M. DCC. LXII.

ACTEURS.

ARMIDE,	M. Chanville.
RENAUD,	M. Le Jeune.
HIDRAOT,	{ M. Caillot.
UBALDE,	
ARTÉMIDORE,	{ M. Desbroſſes.
LE CHEVALIER DANOIS,	
PHÉNICE,	Mlle. Colet.
SIDONIE,	Mlle. Vilette.
ARONTE,	{ M. Rochard.
UN MEDECIN,	
MÉDECINS *Conſultans.*	{ Mlle. Deſglands. / Me. Bogioli
NOURRICES,	{ Mlle. Deſglands. / Me Favart.
DANSEUSES D'OPERA,	{ Mlle. Catinon. / Mlle. Colet.
TROUPES DE PEUPLES.	
NOURRICES ET NOURRICIERS.	
DÉMONS, *en Zéphirs.*	
APOTHICAIRES.	
MANŒUVRES.	
DEUX COLPORTEURS.	

ARMIDE,
PARODIE.

ACTE PREMIER.

*Le Théâtre repréſente une Place publique ;
on voit les preparatifs d'une fête. Un feu
d'artifice occupe le fond, & l'on voit à
differentes fenêtres des maiſons : Places
à louer pour le Feu.*

SCENE PREMIERE.

ARMIDE, PHÉNICE, SIDONIE.

PHÉNICE.

Air : *Vos beaux yeux ſont languiſſans.*

Vos beaux yeux ſont languiſſans ;
Qui peut, belle Reine,
Cauſer votre peine ?

A ij

Vos beaux yeux font languiffans;
Qui peut, belle Reine,
Troubler vos fens?

SIDONIE.

Pour vous ici l'on apprête
Plaifirs, cadeaux, fête fur fête;
Pourquoi garder en ces lieux,
Où tout eft joyeux,
Cet air ennuyeux?

PHÉNICE.

Allons, Princeffe, ne boudez plus;
fongez donc que vous avez du côté des
enfers toute la fatisfaction poffible.

SIDONIE.

On prépare des Feux de joie, des Illuminations; le tout pour un triomphe com-
plet, & qui ne vous a coûté que les frais
de voyage pour arriver au Camp de Godefroy, & quelques petites agaceries faites à propos.

Air : *Eh ! tant, tant, tant.*

Vous avez foumis par vos charmes
Tous ces intrépides Guerriers,
Sans avoir befoin d'autres armes
Pour affoiblir ces Officiers.

PHÉNICE.

Ah ! que vous êtes féduifante !
De vos Amans la troupe eft fuffifante.

Il en vient tant,
Eh! tant, tant, tant!
Armide n'est pas contente
De l'hommage de tout un Camp!

A R M I D E.

Air : *Maman, je ne puis sans vous.*

Ah! je ne m'embarrasse guère,
Ni de vos propos,
Ni de ces Héros ;
Ils ont l'honneur de me déplaire ;
J'n'en veux qu'un qui n'me veut pas :
Il aime mieux la guerre ;
J'n'en veux qu'un qui n'me veut pas,
Malgré mes appas.

Air : *N'y a pas grand mal à ça.*

Il est jeune, il est brave,
Il s'appelle Renaud.

P H É N I C E.

Oh! oh!

A R M I D E.

Je l'agace, il me brave,
Me fuit comme un nigaud.

S I D O N I E.

Oh! oh!

A R M I D E.

Il n'a que ce défaut.

Venez me dire après cela que toute
une armée me fait les yeux doux.

SIDONIE.

Air : *Que je regrette mon Amant !*

Il n'y manque en tout qu'un Guerrier ;
Nous n'étions pas bien loin de compte.
Faut-il donc tant vous récrier ?
C'étoit un affez bon à compte ;
Vous voulez plaire à tout un Camp :
Ce projet part d'un cœur bien grand !

ARMIDE.

Mais, vous êtes charmante ! n'allez-
vous pas prendre fon parti ? Un homme
qui, non content de ne pas répondre à
mes agaceries, a l'infolence de m'appa-
roître en fonge !

PHÉNICE.

C'eft bien hardi, Princeffe.

ARMIDE.

Air : *Vous, Amans que j'intéreffe.* Noté n°. 1.

Qui veut m'expliquer mon fonge ?
Ah ! quel fonge, quand j'y fonge !
Dans quel état il me plonge !
J'en friffonne encor de peur.
[*A Sidonie.*]   Ma Petite ,
[*A Phénice.*]   Ma Petite ,
J'en fuis quitte ;
Mais mon cœur
En palpite
De frayeur.

Ce Renaud, malgré mes larmes,
Du Dieu Mars prenoit les armes ;
L'Amour lui prêtoit ses charmes,
Sans lui donner sa douceur ;
   Oui, malgré mes larmes,
Le cruel perçoit mon cœur.
Qui veut m'expliquer mon songe ?
Ah ! quel songe, quand j'y songe !

PHÉNICE.

Mais tout songe est un mensonge.
Croyez-nous.

ARMIDE.

       J'en crois ma peur.
[*A Phénice.*]   Ma Petite,
[*A Sidonie.*]   Ma Petite,
   J'en suis quitte ;
   Mais mon cœur,
     En palpite
     De frayeur.

Air : *Ma p'tite Bonne.*

Ma voix étoit tremblante ;
La peur me réveilla,
Pour dire à ma Suivante :
Ma Bonne, êtes-vous là ?
Eh ! ma p'tite Bonne,
   Je vous sonne.
   A l'aide, ma Bonne ;
Sans vous, il me tuera.

PHÉNICE ET SIDONIE.

Air : *Des Rats.*

Ah ! ce font vos rats,
Pardonnez-nous, je vous fupplie ;
Mais ce font vos rats ,
Qui dans votre efprit font ce tracas.

PHÉNICE.

Mademoifelle , voici Monfieur votre
oncle ; nous vous laiffons.

SCENE II.

HIDRAOT, ARMIDE.

HIDRAOT.

Air : *Javotte , enfin vous grandiffez.*

MA Niece , enfin vous grandiffez :
Plus d'un bon Parti fe préfente.

ARMIDE.

Mon Oncle, vous m'embarraffez.

HIDRAOT.

Il eft tems que l'hymen vous tente ;
Car c'eft comm' ci , car c'eft comm' ça ,
Lorfque l'on eft gentille,

Qu'on fait , lan , la , farlarira ,
Honneur à fa famille.

ARMIDE.

Mais , mon Oncle.....

HIDRAOT.

Je ne te demande que cette petite
complaifance-là ; & tu me la refufes !

Air : *Pour héritage.*

L'âge me preffe ,
Et je fuis fans enfans ;
Soyez , ma niece,
L'appui de mes vieux ans ;
Pour fuppléer à ma progéniture ;
J'ai compté fur vous ,
Je vous jure ,
J'ai compté fur vous.

ARMIDE , *fur le même Air.*

Moi prendre un époux !

Air : Noté N°. 2.

HIDRAOT.

Faut-il te récrier ?
L'hymen peut t'effrayer ;
Mais , me payer
De tels détours ,
C'eft répéter les difcours
Des fillettes de nos jours,
A qui connoit tous leurs tours.
Mon art fait tout trembler ,
Mais je n'ai pû peupler

Quoique forcier ;
Tu l'es auffi :
Je voudrois voir naître ici
De tes feux un rejetton ;
Quelque forcier du bon ton.
J'y vais tout rondement,
Je te dis mon fentiment,
Bonnement ;
Ne fais pas tant la prude ;
D'honneur,
Ta répugnance eft rude
Pour mon cœur ;
Modere ta rigueur,
Prens pitié de la langueur
De maint amant dont les vœux
Sont à toi, fi tu veux.
A ton oncle, il eft bien dur,
C'eft fûr,
Etant fans enfant,
De ne t'en
Pouvoir
Voir.

ARMIDE.

(*A part.*) Mon bon - homme d'Oncle m'ennuye à périr. (*Haut.*) Eh! bien, mon Oncle, je vais vous expliquer mes petites idées fur le mariage.

Air : *Mon petit cœur gauche.*

S'il eft un homme
Plus brave que Renaud,

Et qui l'affomme,
Je l'époufe auffi-tôt.
Mon cœur fe débauche,
Et dans l'inftant lui dit,
Mon petit cœur gauche,
Pour vous je perds l'efprit.

Air : *De Geminiani.*

Oui, oui, j'en ferai la folie,
Mais, fans ce prix,
Ne me parlez point de maris.
Mon cœur,
Sans la valeur,
Ne peut, d'honneur,
Jouir d'aucun bonheur.
Pour un vainqueur,
Oui, j'en ferai la folie;
Et dès demain,
Il auroit mon bien & ma main,
C'eft mon envie.

HIDRAOT.

Mais s'il t'ennuie,
S'il eft quinteux,
Gouteux,
Hargneux,
Fâcheux :
Faut-il qu'à ton vœu ton goût fe plie ?

ARMIDE.

Oui ; oui, j'en ferai la folie :

C'eſt-là mon lot ;
Je n'en rabattrai pas d'un mot.
[*On joue l'Air de Melchior & Balthazar,
    qui ſont venus d'Afrique, & pendant ce
    tems-là, la populace ſe raſſemble.*]

SCENE III.

HIDRAOT, ARMIDE, PHÉNICE, SIDONIE, PEUPLES, DEUX COLPORTEURS, DES CHAR-BONNIERS, SAVETIERS, &c.

DEUX COLPORTEURS.

ORDONNANCE, qui ordonne des Feux de joie, Illuminations, à l'occaſion du Triomphe remporté par Mademoiſelle Armide, toute ſeule, contre toute l'Armée de Godefroy : ça n'ſe vend que deux liards, à deux liards.

[*On allume les Illuminations, & le Peuple
    danſe, au ſon des Inſtrumens qui ſont
    placés près des Illuminations.*]

HIDRAOT.

Air : *Melchior & Balthazar.*
Prens un air moins ſerieux,

La Fête commence.   [*bis.*]
Tous les plaifirs de ces lieux
Sont la récompenfe
Due à tes beaux yeux ;
Chacun vient d'illuminer,
Suivant l'Ordonnance ;   [*bis.*]
Chacun vient d'illuminer :
Ah ! lorfque j'y penfe ,
Qu'on va s'en donner !

De tous côtés on entend :
Place à louer pour la Réjouiffance.
De tous côtés on entend :
Place à louer pour ce Feu qu'on attend.
Tu vois avec quelle ardeur
Tout ce Peuple danfe.   [*bis.*]
Tu vois avec quelle ardeur
Tout ce Peuple danfe ,
Pour te faire honneur.

[*On reprend le même Air pour la danfe.*]

UN COLPORTEUR.

Air : Menuet du Bal Bourgeois. *Je viens pour
vous rendre ,* &c. Noté N°. 3.

C'eft Mam'felle Armide ,
Dam' c'eft ça qu'a d'ben doux attraits ,
Où qu' l'Amour perfide
Y avec fes traits.
Gare à qui la r'garde ;
Car le v'là tout d'fuite amoureux.

Mais le cœur qu'ell' garde
Y eſt rigoureux.

Pour cauſer d's'allarmes,
Ou pour fair' des plaiſirs parfaits,
Ell' joint à ſes charmes
    D'ben doux ſecrets.
Gn'en n'a qu'un qu'j'envie;
C'eſt ç'lui-là de ſe fair' aimer;
  Pour paſſer ma vie
    Rien qu'à t'charmer.

                      [*On danſe.*]

HIDRAOT.

Air : *Voici les Dragons qui viennent.*

Voici des Archers qui viennent,
  Quel Diable eſt ceci ?
C'eſt mon Exempt qu'ils m'amenent :
Oui, je les vois qui le tiennent.

ARMIDE, PHÉNICE, SIDONIE.

Ah ! le voici.

HIDRAOT.

Quel diable ! cet homme-là prend bien
ſon tems pour être bleſſé ! Il ne pouvoit
pas nous laiſſer finir notre Fête !

SCENE IV.

Les Acteurs précédents, ARONTE, *soutenu par des Archers.*

ARONTE.

AH! Princesse, je conduisois vos prisonniers, quand un seul homme les a tous delivrés.

Air : *Dam' Javotte.*
Ah ! quel homme !
Ah ! quel homme !
Nous étions bien cent contre un,
Et tout seul il nous assomme !
Ah ! quel homme !

Air : *R'lan, tan, plan, tire, lire.*

Chacun de nous s'en sent
En plein, plan, r'lan, tan, plan,
Tire, lire, en plan.

ARMIDE, HIDRAOT.

C'est Renaud.

ARONTE.

Justement :
Mais c'est un maître sire ;
Mais c'est un maître sire,
R'lan, tan, plan, tire, lire :
Il frappoit lourdement,

En plein , plan , r'lan , tan , plan ,
Tire , lire , en plan ,
Sur - tout fur votre Exempt :
Mon dos peut vous le dire.

ARMIDE.

Mais , où font mes prifonniers ?

ARONTE.

Vous avez une plaifante façon de con-
foler votre monde ! chacun s'eft fauvé
comme il a pû de fon côté.

ARMIDE.

Lâches !...

ARONTE.

Comment ! lâches !

Air : *Accompagné de plufieurs autres.*

Au premier coup j'ai réfifté ,
Tout de plus belle il a frappé.
Il fçavoit bien , le bon apôtre ,
Qu'un coup de bâton nous déplaît ,
Mais qu'on le fouffre , quand il eft
Accompagné de plufieurs autres.

T R I O.

Air : *Sur le chœur de l'impromptu des Acteurs.*

ARMIDE.

Il a bravé ma puiffance.

ARONTE.

Il a frappé fur mon dos.

Tous trois. {Point de repos
{Sans la vengeance.

ARMIDE

ARMIDE & HIDRAOT.

Il a bravé
Notre puiſſance.

ARONTE.

Il m'a frappé,
Quelle inſolence !

HIDRAOT & ARMIDE.

Il a bravé ma puiſſance.

ARONTE.

Il a frappé ſur mon dos.

ARMIDE & HIDRAOT.

De cet affront j'ai le cœur gros.

ARONTE.

De cet affront j'ai mal au dos.

HIDRAOT.

J'ai le cœur gros.

ARONTE.

J'ai mal au dos.

ARMIDE, HIDRAOT, PHÉNICE, SIDONIE, *au Peuple.*

Canon : *Fier Martinot.*

Servez ma vengeance,
Je retiens d'avance
    Tous vos bras.   [*bis.*]
Vengeance, vengeance.
Que qui noûs offenſe
    Trouve le trépas.   [*bis.*]

[*Tout le Peuple, qui entre auſſi dans le Canon,
s'anime pendant qu'on le chante, & tous
ſortent, les uns armés de broches, d'autres
de bâtons, d'autres de pelles, &c.*]

ACTE II.

SCENE PREMIERE.

Le Théâtre repréfente des Jardins ornés.

RENAUD, ARTÉMIDORE.

RENAUD.
Air : *Ti ta ta.*

JE fuis un bon foldat,
Ti ta ta,
Qui fuit de fa patrie.

ARTÉMIDORE.
Mais tout en défertant,
Patapan,
Vous me fauvez la vie.

RENAUD.
Même air.

J'ai trouvé cent poltrons,
Patapons,
Ils en menoient cent autres ?
Je vous les ai battus,
Tu, tu, tus,
Va-t'en le dire aux nôtres.

Air : *C'est ce qui vous enrhume.*

Je pretens rester seul en ces climats.
Suivez mon conseil, brillez sur mes pas;
Pour moi je suis modeste.
Volez à la gloire; si je n'y cours pas,
C'est que j'en ai de reste.

ARTÉMIDORE.

Air : *De l'allure.*

Étant chez l'ennemi,
Mon ami,
Vous êtes bien tranquille.
Quand vous seriez Gascon....

RENAUD.

Mais poltron,
Tu m'échauffes la bile;
Tais toi donc.
Imbécille, tien,
Apprens qu'on ne craint rien,
Quand seul on en vaut bien mille.

ARTÉMIDORE.

Air : *Je reviendrai demain au soir.*

Mais du moins dites moi tout bas,
Où vous portez vos pas.   (*bis.*)

RENAUD.

En effet, j'y devois rêver
Avant que d'arriver.   (*bis.*)

Air : *De mon pot, je vous en réponds.*

En tout cas, j'irai, sur ma foi,
Où l'on voudra de moi;

Car j'ai deux bons bras au service
De l'innocence & de la justice :
Mais ici je viens sans objet,
Et j'en pars sans sujet.

ARTÉMIDORE.

Et moi, je vous quitte de même.

(Ils sortent.)

SCENE II.

ARMIDE, HIDRAOT.

HIDRAOT.

Air : *Mon petit doigt me l'a dit.*

QUe Renaud tarde à paroître !

ARMIDE.

Mais il est ici, peut-être.

HIDRAOT.

Qui veux-tu qui l'ait conduit ?
S'il étoit ici, ma mie,
Ta baguette & ma magie
M'en auroient sans doute instruit.

Air : *Entre l'amour & la raison.*

Il viendra dans ce lieu fatal ;
Corbleu, que le peuple infernal
Sert mal la haine qui m'accable.
Le monde devient si vénal,

Qu'il faut même pour faire mal ,
Chercher du crédit chez le Diable.

Air : *Il est pris , &c.*

Notre ennemi s'avance.

ARMIDE.

D'honneur ?
Le cœur
Me bat , quand j'y pense.
Que de son imprudence
Il reçoive le prix.

Tous deux. { Il est pris, il est pris,
{ Il est pris, il est pris.

ARMIDE.

Suite de l'air.

N'en soyons pas surpris ;
Ce guerrier qui s'amuse ,
Qu'on voit
Qui croit
L'ennemi sans ruse ,
Donne comme une buse
Dans un piége secret.

Tous deux. { C'est bien fait ,
{ C'est bien fait.

DUO.

Air : *Lucas , pour se gausser de nous.*

Ah ! têtebleu , sambleu , morbleu !

HIDRAOT.

Croit-il qu'impunément on me berne,
　　On t'outrage ?
ARMIDE.
Croit-il qu'impunément on vous berne,
　　On m'outrage ?

TOUS DEUX.

Non, palfambleu,
Nous allons voir beau jeu.
　　　Corbleu,
Qu'il éprouve toute ma rage ;
Un rien enchante le badaut.
　　　Le bon nigaud
Tout feul baye aux corneilles,
Pour hâter l'inftant de fa mort.
　　　Crions encor
Plus fort, plus fort, plus fort,
　　　Si fort
Que l'enfer ouvre fes oreilles :
　　　Bon ; à merveilles.
　　　Crions encor,
　　　Encor plus fort ;
Car, ma foi Pluton, dort.

HIDRAOT.

Oh ! çà, écoute donc, j'ai fait mettre
un de mes Régimens dans le voifinage
de ces Jardins ; fi nous le faifions avan-
cer, il tâcheroit de me tuer cet homme-
là tout de fuite.

ARMIDE.

Ah ! mon Oncle , je vous en prie , laif-
fez-moi ce petit plaifir-là.

HIDRAOT.

A la bonne-heure ; cela étant , tu n'as
pas befoin de moi : je te fouhaite le bon
foir , & je vais me coucher.   (*Il fort.*)

ARMIDE , *feule*.

Eh ! mon Dieu ! j'allois oublier ... je ne
fçais à quoi je penfe..... Démons , Démons ..... (*Cinq ou fix Démons dans la
Couliffe.*) Plaît-il , Mademoifelle?

ARMIDE.

Ne paroiffez pas , ne vous montrez pas.
Mais , écoutez-moi. Renaud eft ici , comme
vous fçavez : allez vous habiller en Nourrices & en Nourriciers : ces gens-là font
au fait d'endormir mieux que perfonne.

Air : *Il faut que je file.*

Attendant que je le perce ,
Ce que je ferai tantôt ;
Nourrices , que l'on s'exerce
Sur l'indifferent Renaud ,
Qu'on le berce , berce , berce ,
Qu'on le berce comme il faut.

Entendez-vous , Démons?

LES DÉMONS.

Oui , Mademoifelle.   (*Elle fort.*)

SCENE III.
RENAUD.

Air : Gavottes nouvelles de l'Opera d'Armide, de l'Acte du Sommeil.

Tout flate, en ces lieux,
  Mes yeux.
Quel trône de verdure !
Tout est charmant. . . .
Tout est moment
D'enchantement !. . .
  La Nature,
Simple & pure,
Ici prodigue ses tréfors,
Et l'art ajoute ses efforts
  A sa parure.
Dans ce féjour de volupté,
Aifément je fuis arrêté,
Et mon œil féduit, enchanté,
En admirant tant de beauté,
Doute encor de la vérité.
Je ne fçais quoi me dit tout bas :
»Cet azile a tant d'appas !
»Ah ! Renaud, ne le quittez pas.

  Tout flatte, en ces lieux,
    Mes yeux.

L'aftre brillant des cieux :
        Beaux lieux,
    Fait luire ici, pour vous,
Des rayons plus purs & plus doux.
        C'eft qu'il vous aime,
    Et que dans fon char glorieux,
    Il eft, de l'éclat de fes feux,
        Flatté lui-même.

        Agréables fleurs,
Riche ornement de ces lieux féducteurs ;
        Vos douces odeurs,
        Vos vives couleurs
    Enchantent les yeux & les cœurs.
        Amoureux oifeaux,
Qui voltigez fous ces rians berceaux ;
Et qui joignez au doux bruit de ces eaux,
Vos chants toujours nouveaux ;
        Ah ! fur un Héros
        Ami du repos,
    Vous faites l'effet des pavots.
    Heureux afyle du Zéphir,
    Rien ne vaut l'excès du plaifir
        Où tu me plonges.
    Tout annonce enfin à mes yeux,
    Que l'on doit faire dans ces lieux
        D'aimables fonges.

    Air : *Bon foir, la compagnie.*

Dormons, puifqu'on a fçu prévoir
Que j'en aurois l'envie.

Avant de remplir ce devoir,
Bon foir, la compagnie,
Bon foir ;
Bon foir, la compagnie.

(Il fe couche fur un lit de fleurs & de gafons.)

SCENE IV.

NOURRICES, NOURRICIERS, RENAUD, *endormi.* *

UNE NOURRICE, *à Renaud endormi.*

Air : *Dodo , l'Enfant do.*

J Eune Héros, tout en dormant,
A nos leçons prêtez l'oreille ;
Nous profitons du feul moment,
Où chez vous la raifon fommeille.
La gloire fixe vos defirs,
Ouvrez les yeux fur les plaifirs.
Dodo,
L'Enfant do,
L'Enfant dormira tantôt.

Le Chœur répete , Dodo , &c.

---

* L'Orcheftre joue le commencement de l'Air de la Sabotiere, &
le commencement de l'Air Dodo , l'Enfant, &c.

Seconde NOURRICE, *à Renaud endormi.*

Il eſt un petit Dieu charmant,
Qui fait moins de mal que Bellonne ;
Vous le fuyez aveuglément,
Malgré tous les biens qu'il nous donne.
C'eſt un Enfant beau comme vous.
De tous les Dieux, c'eſt le plus doux.
  Dodo,
   L'Enfant, &c.

Premiere NOURRICE, *à Renaud endormi.*

Il eſt un âge de regrets,
Où, lorſque le cœur ſe réveille,
Il implore en vain les bienfaits
De ce Dieu qui ferme l'oreille.
Songez-y bien, s'il dort pour vous,
Craignez d'éveiller ſon courroux.
  Dodo,
   L'Enfant, &c.

Seconde NOURRICE, *à Renaud endormi.*

Préférer à d'heureux inſtans
Des lauriers que le ſang arroſe ;
C'eſt, dans les tréſors du Printems,
Préférer l'épine à la roſe.
Si vos yeux ſont fermés au jour,
Que votre cœur s'ouvre à l'Amour.
  Dodo,
   L'Enfant do, &c.

LE CHŒUR.

Dodo,
L'Enfant do , &c.

[*On danse la Sabotiere.*]

Premiere NOURRICE.

Air : *Du Charivari de Ragonde.*

Pour endormir ce Militaire,
Près de lui faisons , à l'envi,
Charivari.   [*bis.*]

Seconde NOURRICE.

Malgré le train qu'on nous voit faire ,
Il n'en est que plus endormi :
Charivari.   [*bis.*]

ENSEMBLE.

C'est qu'il vient de la Guerre,
Où l'on dort moins qu'ici.
Charivari.   [*3 fois.*]

[*On danse sur le même air.*]

SCENE V.

Les Acteurs précédens , ARMIDE.

ARMIDE.

C'EST bon, c'est bon, je suis contente; puisque tout votre train n'a servi qu'à le mieux endormir , laissez-nous.

[*Les Nourrices & Nourriciers se retirent.*]

Air : *Ahi , ahi , Jeannette , &c.*

Il dort bien tranquillement ,
Le Héros est sans défense ;
Je vais glorieusement
Le tuer sans qu'il y pense ;
   Ahi , ahi , ahi , . . .

Air : *Non , je ne veux pas rire.*

   Malgré moi je soupire ,
Pourtant je ne veux pas rire ;
Non , non , je ne veux pas rire ,
     Non ,
Non , non , je ne veux pas rire.

Air : *Un mouvement de curiosité.*

Queuqu'chos' pourtant m'engage à satisfaire
Un mouvement de curiosité ;
Allons un peu , plus près de ce téméraire ,
Voir , quand il dort , s'il conserve sa fierté.
On se permet , quand on n'a point d'cher' mere ,
Un mouvement de curiosité.

Air : *Ah ! Madame Anroux.*

Mais queuqu' c'eſt donc qu'ça ,

[*Portant la main à ſon cœur.*]

Qu'eſt qu'c'eſt que j'ſens là ?
Je d'viens comm' un' braiſe.
Oh ! oh ! ah ! ah ! mais, mais , mais ,
Mais , queuqu' c'eſt donc qu'ça ?
Je d'viens comm' un' braiſe ,
C'eſt plus brûlant qu'ça.

Air : *Ah ! voilà la vie , &c.*

Laiſſons-lui la vie , la vie , la vie ,
Laiſſons-lui la vie ,
La mienne en dépend.
Dieux ! quelle folie ,
Quel aveuglement
Me donnoit l'envie
De tuer ce pauvre Enfant ?

Laiſſons-lui la vie , &c.

Oh ! oui , oui , je vais commencer par
m'en faire aimer , & après cela , je tâche-
rai de le haïr ; mais commençons toujours
par le premier point , nous verrons l'au-
tre après.

Air : *En revenant de St. Germain.*
Venez , ſecondez mes deſirs ,
Démons , changez-vous en Zéphirs ,
Prenez l'Objet de mes ſoupirs.
Vous m'entendez-bien ,
Vous le voyez bien.

CHŒUR DE DÉMONS, *habillés en Zéphirs.*

Où l'men'rons-nous, ma Commere,
Où l'men'rons-nous, qu'il foit bien ?
ARMIDE.
Si je le mene en mon jardin,
Il y fera vû du voifin ;
Peut-être y fera-t'il du train ;
Car c'eft un vaurien :
Vous m'entendez-bien.
CHŒUR.
Où l'men'rons-nous, ma Commere,
Où l'men'rons-nous, qu'il foit bien ?
ARMIDE.
Air : *Allons à la Guinguette.*

Que fans retard,
On nous mene en cachette
Sur le Rempart,
Où j'ai ma maifonnette :
C'eft où nous fouperons.
Allons,
Démons,
Allons à ma Guinguette,
Allons.
CHŒUR.
Allons,
Allons,
Allons à fa guinguette,
Allons.
[*Les Démons enlevent Armide & Renaud.*]

Fin du fecond Acte.

ACTE III.

Le Théâtre repréfente le Laboratoire
D'Armide.

SCENE PREMIERE.

ARMIDE, *feule.*

Air : *Mon Papa me l'avoit bien dit.*

Oɴ bon Oncle l'avoit bien dit ;
Le cœur a fon dit & dédit ;
L'Amour eft un petit forcier,
Qui bien mieux que moi fçait fon
    métier.
Eft-ce à toi, funefte ennemi,
    Qui n'es qu'à demi
      Mon ami,
    De me rendre
    Le cœur fi tendre
Pour t'avoir endormi ?
Mon bon Oncle, &c.

Ce

Ce courroux que je méditois,
La vengeance que j'excitois,
Un inftant vient de les finir,
Et j'y prens plaifir.

Mon bon Oncle, &c.

Air : *Viens me guérir mon mal, ma chere Mere.*

Affreufe Haine, approche, accours ;
J'ai grand befoin de ton fecours :
Fais fuccéder ici l'horreur
A mon bonheur,
A mon ardeur.
Viens me guérir mon mal, ma chere Mere,
Viens me guérir mon mal de cœur.

SCENE II.

ARMIDE, LA HAINE, *en Médecin ;*
DEUX MÉDECINS *Confultans*
de fa Suite.

ARMIDE.

Air : *Des Proverbes.*

POUR me guérir elle eft prompte à paroître.
Eft-ce la Haine ? Ah ! c'eft un Medecin.

C

LA HAINE.

Sous ces habits peut-on me méconnoitre
Pour l'ennemi du genre humain.

[*Six Apothicaires arrivent, chacun à la main un
mortier, sur lequel sont leurs armes, qui
sont deux viperes. Les Apothicaires accom-
pagnent de leurs mortiers les refrains des
trains, trains, &c.*]

LA HAINE.

Air : *Catin est au lit malade.*

La Haine vit dans les larmes,
De même qu'un Medecin ;
Nous portons les mêmes armes,
Nous caufons même chagrin ;
Tin, tin, tin, tin, terlin tin, tin,

ARMIDE.

Meme air.

Armide a le cœur malade,
Vous implore-t'elle en vain ?
Petit amour de paffade
Dans fon cœur fait bien du train ;
Train, &c.

LA HAINE.

Même air.

Eh ! depuis quand vous accable
Cet amour ?

ARMIDE.

De ce matin.

LA HAINE.

De ce matin ! comment diable !
Il a fait bien du chemin !
Tin, &c.

Ier. SUIVANT DE LA HAINE.

Moi je trouve à la malade
L'efprit un peu libertin ;
Elle aime & hait par boutade.

LA HAINE.

C'eft fa tête que je plains ;
Tin , &c.

IIme. SUIVANT.

Brifez bien , broyez encore
L'arc , les traits d'un Dieu mutin :
Puis force grains d'Ellebore
Vont nous la guérir en plein ;
Train , &c.

ARMIDE.

De l'Ellebore ! oh , je fuis votre fer-
vante.

LA HAINE.

Eh ! bien , nous allons lui donner un
Lénitif plus agréable.

Air : *Relon , ton , ton , reli , ti , ti.*

Vous , de la Faculté dignes fuppôts ,
Sujets aux qui pro-quos ,
Ecoutez en deux mots
L'ordonnance à fes maux.
Le vin eft bon. . .

LES SUIVANS.

Relon , ton , ton ,

LA HAINE.

Pour bannir le fouci ,

LES SUIVANS.

Reli, ti, ti.

LA HAINE.

L'ufage en eft divin.

LES SUIVANS.

Relin, tintin.

LA HAINE.

Son cœur a du tintoin.

LES SUIVANS.

Relin, tintoin.

LA HAINE.

Dans le vin, en ce jour,
Il faut guérir l'amour.

Air : *Boire à fon tour.*

Amour, fors pour jamais,
Sors d'un cœur qui te chaffe.
Dans ce bon cœur permets
Que le vin te remplace.
  Cruel vainqueur,
  Vois fa langueur :
Sors de fon ... cœur.   (*3 fois.*)
          (*On danfe.*)

TRIO.

LA HAINE ET LES DEUX SUIVANTS

Air : *Buvons à taffe pleine.*

Buvez à taffe pleine,
Champagne ou Mufcat,
Buvez, buvez, ma Reine;
De nos fecours faites état.

ARMIDE.
Je n'ai pas soif.
TOUS TROIS.
Oh ! oh !
Eh ! bien, à l'Amour crions en trio,
Qu'au fond de ce caveau
L'on va l'enterrer comme un buveur d'eau.
LA HAINE, *à Armide.*
Air : *La Pierre Fitoife.*
Crains les traits
De ce Dieu que tu hais ;
Qui pourtant
Te rend le cœur content.
Fais encor,
Pour le fuir, un effort :
Puis il aura, s'il eſt le plus fort,
Tort.
ARMIDE.
Meſſieurs les Démons,
Partez.
LA HAINE.
Reſtons.
Oh ! nous chanterons,
Nous danſerons,
Nous ſauterons.
ARMIDE.
Meſſieurs les Démons,
Partez.
LA HAINE.
Reſtons.
L'Amour ſortira.

ARMIDE.
Il eſt bien là ,
Il s'y tiendra.

Air : *Allez-vous-en , gens de la nôce.*

Allez vous-en , Meſſieurs les Diables ,
Allez vous-en chacun chez vous.
Vous êtes très-raiſonnables ,
Mais nous differons de goûts.
Allez vous-en , Meſſieurs les Diables ,
Allez vous-en chacun chez vous.

LA HAINE.

Air : *Il l'attrap'ra.*

Très volontiers , mais je te jure
Que ton cœur s'en repentira.
(*A ſa Suite.*)
Diſons lui ſa bonne aventure.
(*A Armide.*)
Donne-nous ta main.

ARMIDE.

La voilà.

LA HAINE.

Ton Renaud te ſera parjure.

ARMIDE.

O ciel ! que me dites-vous-là ?

LA HAINE, *& ſa Suite.*

Il t'attrap'ra.   (*bis.*)

LA HAINE.

Air.

Sourde aux avis du Medecin ,
A l'Amour ouvre ton ſein ;

   Sois sa victime.
Pour égarer deux foibles cœurs,
   Sous des fleurs
Il leur cache un abifme.
  Que de malheurs,
   De pleurs !
Pour toi j'en friffonne.
  Tu perdras gaîté,
   Repos, fierté,
   Raifon, fanté ;
C'eft l'arrêt de la Faculté
   Qui t'abandonne.

    (Les trois Medecins s'enfonçent
       par les trapes.)

  A R M I D E , *feule.*

Air : *Trois enfans gueux.*

Ils font bien fous d'imaginer ici
Que j'uferai d'un fecours qui me gêne.
Ils font partis ; moi je m'en vais auffi :
Je vais chez moi faire changer la Scene.
       (Elle fort.)

   Fin du troifieme Acte.

ACTE IV.

Le Théâtre repréſente les Jardins d'une petite maiſon que l'on voit dans le fond.

SCENE PREMIERE.

RENAUD, ARMIDE.

RENAUD.

Air : *Lon lan la, ma bouteille.*

T lon lan la,
Ma mignonne
M'abandonne !
Et lon lan la,
Ma mignonne s'en va,
S'en va !

Air : *Il faut, quand l'amour nous preſſe.*

Vous partez, belle Princeſſe !

ARMIDE.

Il le faut : je vais, mon fils,

Aux Enfers, fur ma tendreffe,
Demander quelques avis.

RENAUD.

Votre fincerité, ma foi,
Eft impayable.
Mais vous feriez mieux avec moi
Qu'avec le Diable.

ARMIDE.

Tenez, je ne devrois pas vous dire ce que je vais vous dire pourtant ; mais vous entrez pour beaucoup dans le fujet de mes petites conférences avec les Enfers.

Air : *C'eft ma devife.*

Vous donnez, fier de vos fuccès,
Tout à la gloire,
Et l'Amour, le moment d'après ;
A la victoire.

RENAUD.

Pour l'honneur, gêne-t-on fon goût ?
Quelle fotife !
Rien par excès, un peu de tout ;
C'eft ma devife.

Air : *Le tems de prendre haleine.*

Sur le plus tendre des amans,
Eh ! quels foins font les vôtres !
Vous enchantez tous mes momens ;
Puis-je en donner à d'autres ?

Mon cœur tout neuf ne fent-il pas
Tout ce que valent vos appas ?
Vous y joignez , ma Reine,
Tant de plaifirs , que je n'ai pas
Le tems de prendre haleine.

ARMIDE.

Air : *Ç'a n'dur'ra pas toujours.*

Ça n'dur'ra pas toujours.

RENAUD.

Oh ! que fi , mes amours.

ARMIDE.

Ça n'dur'ra pas toujours.

RENAUD.

Oh ! que fi , mes amours.

Air : *J'aime mieux ma mie , &c.*

Ma gloire , par vos beaux yeux ,
Eft toute affoiblie ;
Si fes biens font précieux ,
Armide eft jolie ;
De l'honneur j'étois flatté ,
A préfent , en vérité ,
J'aime mieux ma mie ,
O gué ,
J'aime mieux ma mie.

DUO.

Air : *Colette & moi , comme je nous aimons.*

Armide}
Renaud} Et moi, comme nous nous aimons !
Auffi nous faifons bon ménage.

Sans cesse nous nous animons,
C'est une ardeur, c'est un courage,
C'est une ardeur, un feu, c'est une rage.
Mille fois nous nous le disons;
Jeune coquette a toujours du manége,
Et l'amour entre nous abrége,
Du moins la moitié des façons.

ARMIDE.

Oh ! pour cette fois ci, je vous dis adieu tout de bon. Mais je vais vous envoyer de jeunes Danseuses pour vous amuser pendant mon absence ; & j'ai donné ordre qu'on vous servît un petit souper fin dont elles vous feront les honneurs.

RENAUD.

Mais c'est être bien bonne, au moins!

ARMIDE.

Air : *Le Savetier matineux.*

Va, je connois ton amour.

RENAUD

Mais des Danseuses jolies....

ARMIDE.

Ah ! pour me jouer d'un tour,
Elles font trop mes amies.

Adieu encore une fois, mon cher Renaud.

[Elle sort.]

SCENE II.

RENAUD, DANSEUSES ET CHANTEUSES.

UNE CHANTEUSE.

Air : *Gai , gai , mon officier.*

EH ! Gai , gai , mon officier,
Armide qui s'abfente ,
Ici vient de nous envoyer
Pour vous défennuyer.

RENAUD.

Armide eft obligeante.

LA CHANTEUSE.

Le chant peut égayer ,
La danfe eft amufante ;
Nous avons un moment ,
    Profitez-en ;
Car nos Dimanches , nos Mardis ,
Surtout nos Vendredis ,
Tous ces jours-là font pris.
    Hors les Lundis ,
    Les Mercredis ,
    Quelques Jeudis ,
    Les Samedis ;
Oui , tous nos jours font pris.

                    (On danfe.)

LA CHANTEUSE.

Air : *Que de gentilleſſe !* Noté N°. 4.

(Pendant ce Couplet, on danſe en minaudant
autour de Renaud.)

Une jeune Actrice,
D'un cœur novice
Ménage la timidité ;
Elle l'encourage
A rendre hommage
Sans peine à la beauté.
La gayeté,
La vivacité
Que la danſe inſpire,
Font qu'un cœur ſoupire
Et tout bas lui font dire :
Que ces jolis pas
Ont d'appas !
Une jeune Actrice, &c.

Joli ſouper,
Que l'œil du plaiſir éclaire,
Où tout ſon ſoin eſt de tromper
La raiſon ſevere,
Cette chimere
Qui veut nous occuper.

Une jeune Actrice, &c.

SCENE III.

Les Acteurs précédens , UBALDE, LE CHEVALIER DANOIS.

UBALDE.

Air : *De Manon Giroux.*

Comment faire, en ces retraites,
Pour garder son cœur,
Contre un troupeau de fillettes
Dont l'œil est trompeur ?
Corbleu ! dénichez, poulettes ;
Voyez, à notre air,
Que nous n'aimons les fleurettes
Qu'en quartier d'hyver.

LA DANSEUSE.

Oh ! Messieurs, je vous assure que vous n'avez pas besoin de nous le dire deux fois, car vous êtes odieux !

LA CHANTEUSE.

Je crois que c'est ici le rendez-vous de tous les gens maussades de l'Univers.

LE CHEVALIER DANOIS.

Il est seul, profitons-en.

UBALDE.

Tirons-le de sa rêverie ; bats la générale, morbleu ! il la reconnoitra.

(On bat la générale)

RENAUD, *s'éveillant.*

Air : *De la générale.* Noté n°. 5.

Dieux ! la générale bat !
On vole au combat,
Peut-être on se bat !
Et dans cet état
Je vois un soldat !
Je sens, à ce bruit flatteur,
Réveiller l'ardeur
Qui mène à l'honneur.
L'Amour en a peur.
Fuyons ce trompeur.

UBALDE.

Même Air.

Quoi ! L'Amour ! quoi ! ce sorcier
Bat un Officier,
Dont le cœur altier
Aime le métier
Mieux qu'un grenadier !
Qu'il parte, au son du tambour,
Ce fripon d'Amour.
Fuis-le sans retour,
Suis-moi sans détour :
La guerre a son tour.

Air : *De la marche Angloise.*

Marche à moi, que je regarde
Les présens d'une égrillarde,
Qui fait à ton grand cœur,
Beaucoup d'honneur.

Ah ! du moins, pour te voir ,
Prends un miroir.
J'ai le mien qui tient au bout de ma rape.

[*Il tire un miroir au bout d'une rape.*]

Mire-toi.

RENAUD, *se regardant.*

Quoi ! je suis en cet état.
Que l'aspect de tant de honte me frappe !

UBALDE.

As-tu vû la parure d'un soldat ?
De rubans quel étalage !
De pompons vil assemblage !

RENAUD.

Ah ! c'est trop m'affoiblir ,
Trop m'avilir !

UBALDE.

Oui, te voilà musqué
Comme un Abbé.

RENAUD , *en les arrachant.*

Eh ! bien , mon ami ; je les rends au Diable qui en a fait présent à Armide. Mais comment as-tu fait pour tromper les gardes & les monstres dont Armide a défendu l'entrée de sa petite maison ?

UBALDE.

Air : *Mon petit doigt me l'a dit.*

Deux gros chiens gardoient sa porte ,
Je les ai sabrés ; de sorte

Qu'ils

Qu'ils font morts du même coup,
Va pour m'ouvrir un paſſage;
Un bon ſabre & du courage,
Voilà mon paſſe partout.
Voilà les charmes dont j'uſe, moi.
Air : *Allons à la guinguette, allons.*
Allons, allons,
(*En lui rendant ſes armes & ſon caſque.*)
Reprens ton cimeterre;
Et décampons,
Avant que ta forciere
Ne ſoit ſur tes talons.
RENAUD, *pleurant.*
Allons, allons,
Allons donc à la guerre,
Allons.
Air : *Je ne regrette point la ville.*
Je ne regrette point la ville,
Ni les Démons qui ſont dedans.
La lurette,
Ni les Démons qui ſont dedans,

Je ne regrette ici qu'Armide;
C'eſt qu'elle étoit ſi bonne enfant,
La lurette,
C'eſt qu'elle étoit ſi bonne enfant.
UBALDE.
Allons, ſonge que tu es dans le cas des
déſerteurs; ne perds pas le tems de l'am-
niſtie. Marche.
[*On bat la générale, & on l'emmene.*]
D

SCENE V.

ARMIDE, *seule.*

OÙ est-il donc ?... O ciel ! Renaud,
Renaud. Ah ! voilà la guerre qui me
le débauche !

Air : *Passant sur le Pont-Neuf.*

Renaud ! ciel ! il me fuit ! Quoi ! ma puissance est
vaine !
Reviens, reviens me voir; n'en vaux-je pas la peine ?

Air : *Viens dans ma cellule.*

Viens, viens sans scrupule ;
Quoi ! Renaud recule !
Veux-tu donc, ingrat,
Me condamner au célibat ?

Fin de l'Air : *Je suis perdue.*

Tu m'accables de mépris !
Quoi ! tu n'as pas l'ame émue !
Malgré mes pleurs & mes cris,
Je suis perdue.

Air : *Je reviens cent fois plus amoureux.*

Il revient : est-il plus amoureux,
Qu'en quittant ces aimables lieux ?

SCENE VI.

ARMIDE, RENAUD, UBALDE ; LE CHEVALIER DANOIS.

ARMIDE.

Air : *Pierrot se plaint que sa femme.*

Est-ce pour fuir qui t'adore,
Ou pour calmer son chagrin,
Qu'ici tu reviens encore ?

RENAUD.
C'est pour prendre de ta main
Une cocarde.

ARMIDE.
Parbleu ! le trait est divin !
Je te la garde.

Air : *Quoi ! vous partez.*

Quoi ! vous partez, quand l'amour nous rassemble !
Fin de l'Air · *Pour chanter un Duo.*
Du moins, mignon,
Attens moi donc.
Pour rendre le chemin moins long ;
Il faut partir ensemble.
Fin de l'Air : *Suivant le Régiment.*
Oui, si tu veux, à l'instant,
Je prendrai la hallebarde.

D ij

U B A L D E.

Ah! quelle égrillarde !

A R M I D E.

Ra , ta , pa , ta , pan ,
Suivant le Régiment.

Ou tout au moins, cruel , jusqu'à la
premiere poste.

R E N A U D.

Air : *Comment veux-tu que je puisse , moi?*

De tout mon cœur , moi , je le voudrois ,
    Mais ?

A R M I D E.

Mais , quoi ?

R E N A U D.

Je n'oserois.
La fatigue altére les traits.

A R M I D E.

Je l'endurerois.

R E N A U D.

Moi, je le voudrois ,
Si mes camarades
N'étoient pas gens si mauffades.
Y confentez-vous ?

U B A L D E.

Nous ? non.

R E N A U D.

Armide , adieu donc.

ARMIDE.

Arrête, arrête…. Renaud ! ô Ciel !
un Fauteuil, que je m'évanouiſſe.

[*Elle tombe évanouie dans un fauteuil.*]

RENAUD, *revenant.*

Air : *L'Amour eſt un chien de vaurien.*

Elle ſe meurt ; c'eſt en honneur.
(*A Armide.*)
Vous mourez-vous, mon petit cœur?

UBALDE.

Sois donc plus raiſonnable.

RENAUD.

Un grand cœur, en ce cas,
Peut-être pitoyable.

UBALDE.

Va, va, l'on n'en meurt pas.

Air : *Rata, pata, pan.*

Marche plus gaiment à la gloire ;
L'Amant éclipſe le Héros.
Pour ton honneur, laiſſe-nous croire
Que ton cœur dément tes propos ;
J'ai bien aſſez, pour ta Coquette,
Fumé ma pipe en t'attendant.
Rata, pata, pan,
(*Au Chevalier Danois.*)
Bats-nous vîte la retraite.

[*Ils l'emmenent pendant qu'on
bat la retraite.*]

SCENE VII *& derniere.*

ARMIDE, *seule.*

Air : *De l'Opera.*

LE perfide Renaud s'en va !
Sans pitié, sans secours, l'ingrat me laisse là !

Air : *Je n'aimois pas le tabac beaucoup.*

Attachez-vous à des officiers,
Préférez-les à des financiers,
Leur feu s'éteint au bruit du tambour,
Adieu tout leur amour.
Mon pauvre cœur séduit
Suit.
Renaud qui sans égard
Part,
Et retourne à son camp,
Quand....

Refrain.

Morbleu, si je le tenois,
Comme j'l'étrille, j'l'étrille,
Morbleu, si je le tenois,
Comme je l'étrillerois !

Fin de l'Air : *Ah ! chien, ah ! Monseigneur.*

Ah ! chien,
Ah ! je le tien,
Ton cœur.
Oui, ton cœur, vaurien,
Je le tien.
Quel malheur !
Je ne tiens plus rien.

L'infolent n'a pas été la dupe de mes vapeurs ! mais parbleu ! je vais lui faire une bonne niche, je vais abattre ma maifon. Oh ! je crois qu'il en fera furieux.

Air : *Tôt , tôt , tôt.*

O vous qui fervez mon courroux ,
Venez , Démons , transformez-vous,
Soudain , en d'aimables Manœuvres.

[*Les Démons arrivent en Manœuvres avec des échelles , des cordes , & des marteaux.*]

Venez abattre ma maifon.
Pour un fpectacle hors de faifon ,
De l'art détruifez ces chefs-d'œuvres :
Tot , tot , tot ,
Battez chaud ,
Tot , tot , tot , bon courage ,
Il faut avoir cœur à l'ouvrage.

[*On détruit la maifon fur le refrain que le Chœur chante.*]

(*Après la deftruction.*)

ARMIDE.

Arrêtez , arrêtez ; je fais une réflexion.

Air : *On ne s'avife jamais de tout.*

J'aurois bien dû , s'il falloit perdre encore
Ma maifon ,
En perdant ma raifon
Sous ces gravats
Ecrafer des ingrats ;
Perdre enfin qui me fuit , qui j'adore.
Que le plaifir , après ce fracas ,

D iv

Me console
D'être folle.
S'il en vient à bout,
J'évite au moins qu'on me dise :
On ne s'avise
Jamais de tout.

'Allons, mes enfans, dansez, amusez moi ;
on ne guérit de la peine que par le plaisir.

[*On danse.*]

SIDONIE, *à Armide.*

Air : *Les Oiseaux de ce boccage.*

Pour un cœur qui vous outrage,
Que de cœurs vont vous venger !
Les oiseaux que ce bocage
Voit sans cesse voltiger
Vous disent : soyez volage ;
L'amour n'est qu'un esclavage ,
Sans le plaisir de changer.

[*On reprend la danse qui est interrompue
par le Vaudeville suivant.*]

VAUDEVILLE

ARMIDE.

DES filles de mon papa,
Vous voyez la derniere ;
Notre aînée , à l'Opera ,
Brille dans sa carriere.
Est-il dit , parce qu'elle a
Tous les dons qu'on souhaite ,

Qu'on n'ofera
Vous offrir la ,
Vous montrer fa cadette ?

Mon ainée eut , en naiſſant ,
Le ſublime en partage.
Plus on la voit , plus on fent
Qu'à l'aimer on s'engage.
En faveur de ce qu'elle a
Une gloire complette ,
 Admirez la ,
 Raſſurez ça ,   [*Montrant ſon cœur.*]
Epargnez ſa cadette.

Mon ainée a ſes douceurs :
Gardons-nous d'y prétendre.
Elle fait verſer des pleurs ,
Doux plaiſir d'un cœur tendre.
Mais qu'après ces larmes-là ,
Je ſerois ſatisfaite
 De vous voir là ,
 Egayer çà ,   [*Montrant ſon cœur.*]
Rire avec la cadette.

BALLET GÉNÉRAL.

Fin du quatrieme & dernier Acte.

APPROBATION.

J'Ai lû, par ordre de Monſieur le Lieutenant Général de Police , *Armide , Parodie* , & je crois que l'on peut en permettre l'impreſſion. A Paris ce 28 Janvier 1762.
MARIN.

Le Privilége & l'Enregiſtrement ſe trouvent au nouveau Théâtre François.

N° 1. ARMIDE.

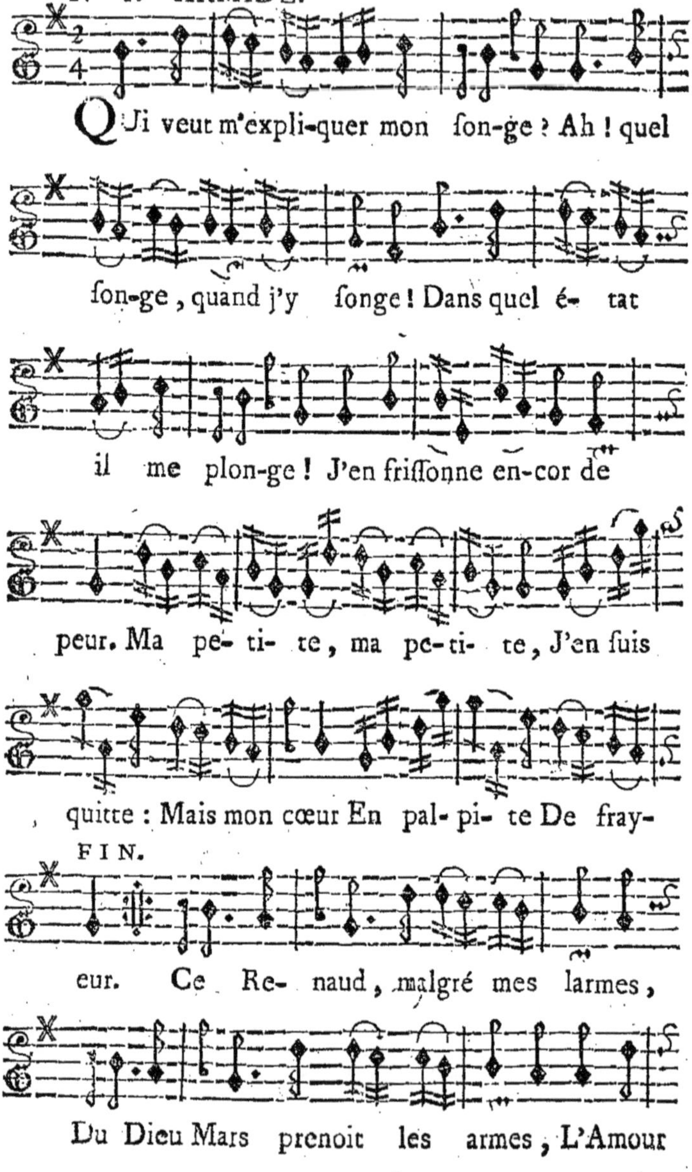
QUi veut m'expli-quer mon son-ge ? Ah ! quel
son-ge, quand j'y songe ! Dans quel é- tat
il me plon-ge ! J'en frissonne en-cor de
peur. Ma pe- ti- te, ma pe-ti- te, J'en suis
quitte : Mais mon cœur En pal- pi- te De fray-
FIN.
eur. Ce Re- naud, malgré mes larmes,
Du Dieu Mars prenoit les armes, L'Amour

lui prêtoit ses charmes, Sans lui donner
fa douceur; Oui, malgré mes larmes,
Le cru- el perçoit mon cœur. Qui veut
m'expli- quer mon fon-ges ? Ah ! quel fon-ge,
PHÉNICE.
quand j'y fonge ! Mais tout fonge eſt un men-
ARMIDE.
fon- ge, Croyez- nous. J'en crois ma peur.
Ma pe- ti- te, ma pe- ti- te, J'en fuis

quit- te : Mais mon cœur En pal- pi- te

De fray- eur.

N° 2. HYDRAOT.

F Aut- il te ré- cri- er ? L'hy- men peut
Mon art fait tout trembler : Mais je n'ai

t'effray- er : Mais me payer De tels dé-
pû peu- pler, Quoique forcier. Tu l'es auf-

tours, C'eſt ré- pé- ter les diſ- cours Des fil-
fi ; Je voudrois voir naître i- ci De tes

let-tes de nos jours, A qui connoit tous leurs
feux un re-jet- ton; Quelque for- cier du bon

tours.
J'y vais tout rondement ; Je te
ton.

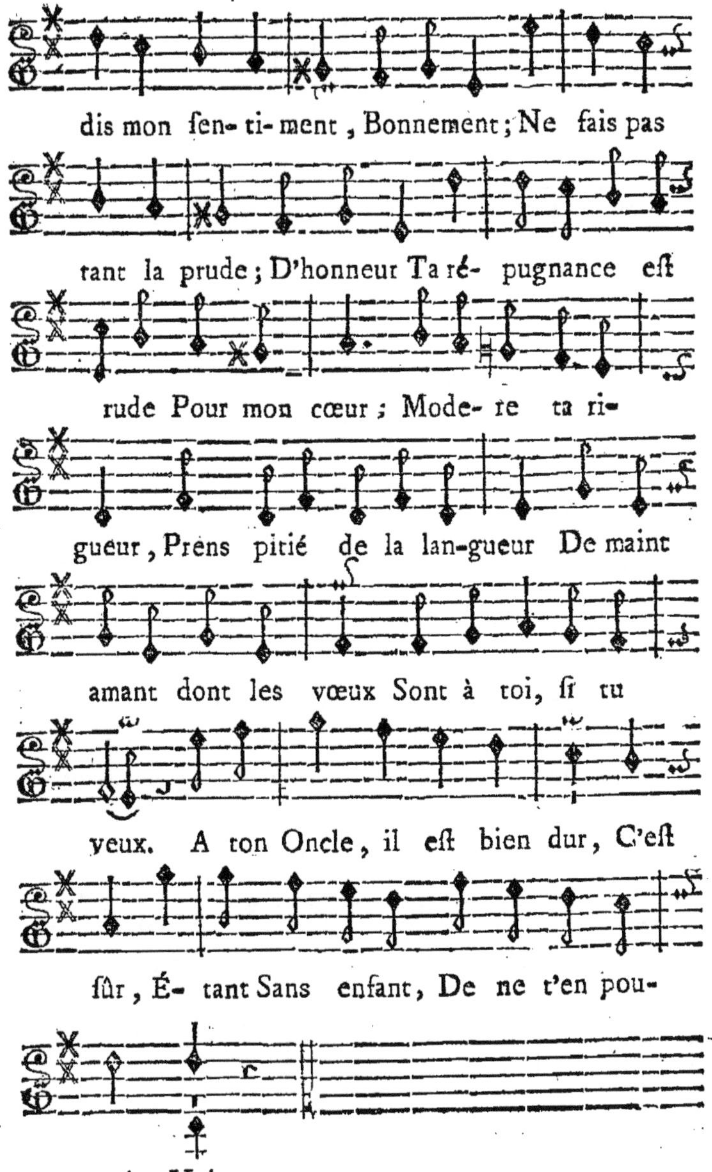

dis mon fen-ti-ment, Bonnement; Ne fais pas
tant la prude; D'honneur Ta ré- pugnance eft
rude Pour mon cœur; Mode- re ta rigueur, Prens pitié de la lan-gueur De maint
amant dont les vœux Sont à toi, fi tu
yeux. A ton Oncle, il eft bien dur, C'eft
fûr, É- tant Sans enfant, De ne t'en pouvoir, Voir.

N° 3. UN COLPORTEUR.

N° 4.

l'en cou- ra- ge A rendre hommage , Sans
peine, à la beau- té. La gai- té, la vi-va- ci-
té, Que la danse inf- pire ,Font qu'un cœur fou-
pi-re , Et tout bas lui font di- re : Que
Da Capo.
fes jo- lis pas Ont d'ap-pas ! Jo-li fou-
per, Que l'œil du plai- fir é- clai- re ; Où
tout fon foin eft de trom- per La raifon fé-

vere, Cette chi- mere, Qui veut nous

oc- cu- per. Une, &c. Da Capo.

Nº 5.

Dieux! la gé- né- ra- le bat. On vole au com-

bat; Peut-être on se bat : Et dans cet é-tat Je vois

un sol- dat! Je sens, à ce bruit flat-teur, Réveil-

ler l'ardeur Qui mene à l'honneur. L'Amour en a

peur ; Fuyons ce trom-peur.